뒤돌아보면

한만서

산마을

서문

가끔 눈을 감고 지난세월을 생각해 볼 때가 있다.

어린 시절이 엊그제 같은데 벌써 흰머리가 보이네.

그때 그 시절로 되돌아가고 싶은 마음에 글로 찾아가 보는데 그 시절은 돌아갈 수 도 잡을 수 도 없다.

희미한 기억을 되살려 조금씩, 조금씩 다가가다 보면 새록새록 즐거움이 돋아나고, 마음으로나마 어린 시절로 돌아가 잠시 동안 이지만 옛 생각에 젖는다.

밤에 비가내리면 잠들기가 쉽지 않다. 비 내리는 밤이 많지 않아서일까?

왜 그런지 몰라도 잠이 오질 않아 밤샐 때도 종종 있다. 빗소리에는 잠이 오지 않는 무엇이 있는 것일까?

수많은 생각들이 머릿속에서 뒤엉켜진다.

주체할 수 없는 긴장감이 밀려와 이 생각 저 생각 하나씩 지워버리고 마음을 비워본다.

아무 생각을 하지 않으려 하지만 후투둑 떨어지는 빗소리에 다시 머릿속이 복잡해진다.

이럴 땐 시원한 곡차한잔 하면서 어린시절을 그려본다.

자연을 생각하고 자연을 말하고, 아무것도 몰랐지만 있는 그대로 순수하게 자연과 함께했던 그 시절이 그립다.

다시 돌아갈 수는 없지만 그때 그 느낌으로 자연을 노래하고, 자연을 그리며 사랑하는 자연으로 돌아가고 싶다.

목차

제 1장. 어느 그리움

목차

목차

제 2장. 뒤돌아보면

목차

제 3장. 가실때엔

목차

제 4장. 차한잔 하게나

목차

바람따라 구름따라

횡 횡
세차게 불어오는 바람에
구름은 중심잃고 비틀비틀
갈길을 찾지 못하고
물결도 살랑살랑
방향을 못잡네

뿌리를 깊게 내리고 서있는
버드나무는 한들한들
늘어진 가지를 흔들고
애써 버티고 서있던
나도 비틀비틀

바람따라 구름따라
이리 흔들 저리 흔들.

텅 빈 마음

쪽색 하늘빛 고운향을
내 마음에 담아 가지려 하지만
쉽게 허락하지 않아
큰 숨 몰아쉬어 빼앗아 보는데
그것도 잠시

참지못하는 고통에
내뱉는 한숨따라 나가버리고
입맛다한 음식처럼 씁쓸한 여운만남아
공허함이 더해간다.

속세에 찌든마음 비우고
고운향기 담으려니
이미 물들어버린 내마음에
그 향기는 머물수 없고

텅 빈 내마음은
하늘만 바라보며 서성일 뿐.

강가에서

푸르른 강물에 주홍빛 물들어
눈부시게 빛나고
가던 길 멈춘 나그네는
무슨 생각에 젖었는지
물결만 바라본다.

강물에 반사된 햇살이
얼굴에 내려 파도를 일고
날은 저물어 노을이 기우는데
그 노을빛 향기에 발길은 떨어질줄 모르
네
어디선가 들려오는
희미한 소리를 마음에 담으니
오래된 뱃고동 소리가
잠들었던 귀를 깨워
이미 잊혀져버린 어부의 함성이
메아리쳐 밀려온다.

다시 볼 수 없는 풍경을
눈앞에 그려내
그곳으로 가고 싶지만
허공속에 맴돌 뿐

지나간 세월에 마음사무쳐
그리워할 감성마저 잊어버리고
죄없는 갈대 꺾어
갈잎 배 한척 접고 강물에 띄워
서글픈 사연하나 실어 보낸다.

빈 그릇

가슴가득   담으려 하지만
채울 수 없는 내 마음

채우고
또 채우고
담고
또 담아도
언제나 빈곳

" 거기 채우려 하지 마시오"

어디선가 들려오는
그 소리에도
다시한번 담으려 하는데

그래도 내 마음은
채워지지 않는
언제나 빈 그릇.

나는 누구인가

"나는 누구인가"
누구든지 말해주오
어떤 대답이라도 다 들어 주리다.

저산 넘어에는 무엇이 있을까?
등 뒤에 불어오는 바람은 어디에서 왔을
까?

해가 지고
별이 뜨고
달이 뜨면
무엇을 해야하나?
다시 해가뜨면
무엇을 해야하나?
오늘도, 내일도
무엇을 해야하나?

온종일 꽃을 보아도
온종일 들길을 걸어도
온종일 산속을 걸어봐도
나를 찾을길이 없네.

비릿한 바닷바람은
이것은
어디에서 왔는가?
시작은 어디이고
끝은 어디인가?
물어보고, 물어보고 소리를 쳐봐도
끝없는 메아리만 들리는구나

"나는 누구인가" 라고.

산행

길가의 꽃들이 인사한다.
풀들과 곤충들과 인사하니 발길이 가볍
다.
냇가를 가로지르는 징검다리를 건너 걷
다보니 어느새 산속 작은 길.
마음을 구름위에 올려놓고 한걸음씩 나
아간다.
조금씩 거칠어지는 숨소리를 허공에 토
해낸다.

나는 지금 어디로 가고있나?
산꼭대기로 가는것일까?
산속으로 가는것일까?

대답없는 질문을 끝없이 던지며 발길을
옮긴다.
숨이 턱밑까지 왔다.

마음도 숨이 찬다.
잠시 시원한물에 발을 담그니 머릿속이
차갑고 아리도록 시린 냇물이 온몸에 퍼
져 마음이 저려온다.

시원한 생각은 뒤로하고 다시 발길을 옮
긴다. 몸도 무겁고 발도 무겁고 마음마저
무겁다.
산위가 눈앞인데 그냥 내려갈까?
마음이 바람처럼 흔들린다.
내가 지금 어디로 가는것일까?
역시 대답은 없지만 다시한번 물어본다.

끝없는 질문과 질문속에
어느덧 발아래가 산산위에 올라보니
이제 대답이 메아리쳐 올것만 같은데
고요함만 흩어져 뿌려지고
내려오는 마음은 더욱 무거워졌네.

여행

마음 가는데로 발길을 옮겨볼까?
여기를 가고, 저기를 가도 내 마음은 흔들린다.

어디로 갈까?

마음 가는데로 가려하니 몸이 힘들다.
목적지도 없이 무작정 가려하니 마음도 괴롭다.
가고, 가고 또 가고 있는데
어디로 가고있는 것일까?

어느덧 날이 밝아 해가 떠오르고 햇빛이 나에게 내려와 그림자가 벗이 되어준다.
벗이 있어 길동무 되어주니 얼마나 반가운가 내가 어디로 가야하는지 길동무에게 물어보는데 아무런 대답없이 바라만 본다.

그 벗은 지칠줄을 모른다.
내가쉬면 벗도 쉬고, 내가 걸으면 벗도 걷고
그는 내가 가는길만 따라가고 있다.
왜 자꾸 따라만 다니냐고 물어도
눈길만 부딧칠 뿐 대답은 없다.
그래도 내벗은 나때문에 행복 하단다
늘 내가 함께 있고
내가 가는길만 조용히 따라가면 되니까
이 수줍은 벗을
내가 가는길에 함께 가야하는데
구름이 해를가려 헤어지면 어쩌나

오늘은 아무리 더워도
하루종일 해가 떠있으면 좋겠다.

산모퉁이 돌아 굽어진 길

들길 끝자락을 돌아
산속을 향해 굽어진 길
그 길을 따라 한발 한발 걸음을 옮긴다.
이 길은 어디로 가는 길일까?
마음의 끝을 잡고 물어본다.
"나는 어디로 가고 있냐고"

무심코 가던 길이
어느새 산속 깊은 곳
나무숲
산속향기를 머금으려
한숨을 깊이 들여 마시고
하늘을 향해보니
보이는 것은
무성한 나뭇잎 뿐

내 눈은 하늘을 향했는데
하늘은 보이지 않고
왜 나뭇잎만 보이는가?
깊은 화두를 등에 업고
발길을 움직인다.

마음이 가는데로
몸도 따라가니 몸과 마음은하나
들길 끝자락을 돌아
산속을 향해 걷는 길은
몸이 가는 길
마음이 가는 길
내가 가는 길.

봄으로 가는 길

때늦은 눈이 내린다.
갑자기 닥친 꽃샘추위에
대지가 다시 얼어붙는다.
봄인 줄 알고
머리를 내밀던 개구리가
깜짝 놀라 잠시 두리번거리더니
몸을 움츠리며 눈을 감는다.

개어두었던 겨울옷을
꺼내 입을까 고민하니
추위 앞에선 누구도 어쩔수 없어

쌓일 듯 말듯 하지만
그래도
내리는 눈은 언제나 반가운 친구
봄의 문 앞에서 내리는 눈
이 눈이 녹아내리면
봄이 오겠지.

봄

들풀향기
땅 내음 돋아나니
봄기운일고
그윽한 봄 소리
천지에 번져
잠든 생명 하나, 둘 깨어나네

잠들었던 겨우내
웅크렸던 몸
기지게 펴고
하늘 향해 깊은숨 들이쉬니
감았던 눈 떠져
오랜 기다림에 그리움 더하듯
참았던 눈물이
냇물되어 흐른다.

여름

숨이 꽉 막혀오는 무더위

찬물에 몸을 적셔도, 적셔도
그때 잠시뿐

너무 더워
숨쉬기조차 어렵다.
글 쓰는 것도 싫다.
그림 그리는 것도 싫다.
밥맛조차 없다.
아무것도 싫다.
빨리 지나가기만 해라.

가을

하늘이 부른다고
바다가 부른다고
대답하지 말아요.

색깔에 속고
향기에 속고
속기만할 뿐
모두가
거짓입니다.

풀내음, 꽃내음에
봄에도 속고
또 한 번
가을에도 속을 건가요.

겨울

어쩌다 눈이라도 내리면
하얀 세상이 너무 곱다.
추워서 호호
손가락을 불며 다녀도
뜨거운 가슴을 느낄 수 있다.

땅도 얼고, 물도 얼고
모두 얼지만
마음만은 얼지 않는
뜨거움이 있다.

추워서 움츠려지지만
사람 사는 온정을 느낄 수 있다.

봄바람

내 마음을 쥐어 잡고
이리 저리 흔들고 놀더니
저만치 내던져 버리고
"언제 그랬냐."고 되묻는다.

봄바람 장난에
어울리지 않으려 하지만
잡힌 곳도 없는데
놓아주질 않아 나도 모르게
어울리게 되며
동백정 바람에 실어
오늘하루 나들이 날려 보내고
봄 소리 듣고
봄내음에 취해 봄바람과 함께한다.

봄이면 불어오는 바람에
마음을 빼앗기지 않으려 애쓰지만
그래도 그 바람은
내 마음을 설레게 하며
심장을 흔들어놓고
깊은 잠 깨우는 마술사

그 바람이
아무리 나를 가지고 놀아도
그 바람에
나를 맡기고 싶다.

이름 모를 들꽃

아무도
아무도
관심두지 않는 저 꽃은
행복하리라.

그 누구도
꺾으려하지 않으니
마음 편하리라.

저 꽃처럼
행복할 수 있다면
마음 편할 수만 있다면

이름 모를 저 꽃은
진정 행복하여라.

꽃샘추위에 핀 개나리꽃

아름다운 꽃봉오리
오래 간직하지 못하고
무슨 급한 일이 있었는지
활짝 터져버렸네

해마다 봄이면
피어나는 꽃을 시샘하는
추위가 오건만
깜빡 잊었나
이 추위에 꽃을 피어
바들바들 떨고 있으니
얼마나 추울까

때 이른 더위를
봄으로 착각했을까
며칠을 참지 못하고

꽁꽁 얼어붙은
꽃샘추위에 피어난
그 고운 노란꽃잎이
그만 시들어 버렸네.

봄비

비가 내린다.
비가 내린다.
길었던 가뭄 해갈되고
봄을 재촉하는 비가 내린다.

이 비 내리면
잠든 생명 깨우는
봄이 오고

이 비 그치면
봄바람 불어온다.

시원하게 비가 내려
메마른 대지를
적셔주고

묵은 먼지, 찌든 마음
깨끗이 씻어주니
봄비는 세상을 청소하는
환경미화원.

눈꽃

봄이 오려면 아직 멀었는데
나뭇가지에 하얗게 핀 꽃송이
가는 겨울이 아쉬워 몸부림치듯
새싹이 나오기 전
나무 나무마다 활짝 피어
꽃밭을 만드니
들녘은 온통 흰 꽃 세상

노란 꽃, 빨간 꽃은
한 송이 보이지 않고
모두가 하얀 꽃이니
순결한 대지의 참모습이요
고귀한 자연의 전시회
날이 따뜻해지면 시들어
하얀 눈꽃은 지겠지만
분홍, 노랑, 빨강
수많은 꽃들이 피어나고
그렇게 봄은 시작된다.

어느 그리움

조개껍데기 하나가
파도소리를 그리워한다.

소라 껍데기가
파도소리를 그리워한다.

파도 소리에
밀려오는 그리움이 사무친다.

사무치는 내 마음을
누가 그리워하랴.

9월 어느 날

낮에는 햇살이 맑아
곡식이 잘 익어가고
시원한 밤에는
잠 이루기가 쉬워
깊은 잠을 자니
아침이 상쾌하다.

날이 저물어
어둠이 내리면
울어대는 귀뚜라미 소리에
가을이 왔음을 느끼고
짙게 깔린 안개 속에
희미하게 보이는
가로등불만
홀로 외로이
고독한밤을 새우고 있다.

가을 소나기

후투둑 후투둑
시원한 빗줄기

맑고 높은 가을하늘에
갑자기 먹구름이 몰려오더니
소나기가 내린다.
벌초를 막 끝내고
집으로 가는 길에 만난
반가운 친구지만 푸른 하늘을
비구름이 질투를 하나봐
잠시 심술을 부리네.

시골마당에 널어놓은
고추 거둬들이는
할머니 손길이 바빠진다.
아이구 이런 큰일 났네!
우리 집에도 고추 널어 놨는데!

가을비 겨울비

가을비인가?
겨울비인가?
가을비라고 하기엔 너무 적고
겨울비치곤 많이 내린다.
모처럼 내리는 단비인데
가을비 겨울비 가려서 뭐하겠냐만
계절이 애매하니
그런 생각이 든다.

오랜 가을 가뭄 끝에 내리니
가을비라고 할지
겨울 문 앞에서 내리니
겨울비라고 해야 할지.

구름아

구름아 멀리가라
햇살가리지 말고 멀리가거라.
맑은 햇살 가리면
내 마음도 어두워진다.

한여름 무더위에
시원한 그늘은 만들어주고
추운겨울에
따스한 햇살은 가리지마라.

겨울 찬 공기에
햇살 받으려고
양지바른 곳 찾았는데
구름이 해를 가려
쌀쌀한 오후
언제나 구름 걷힐까.

보름달

이른 새벽.
보름달이 아직 기울기전
저 달이
내가 가는 길 앞에서
먼저가고 있다.
일찍 볼일이 있어
새벽에 나온 내 앞에서
먼저 가는 것 보니
저 달은 나보다
더 급한 일이 있나보다.

무슨 일이 있어 내 앞에
서서 가는지 몰라도
내가 천천히 가면
달도 천천히 가고
내가 빨리 가면

달도 빨리 가고
한발 양보 없이
내가 가는 길
앞에서만 가고 있다.

하얀 노을

하얀 구름이 있는 날에는
붉은 노을이 만들어지기 전
바로 그 직전
하얀 노을이 있다.

아무도
아무도 관심 없이 지나치지만
분명 그 빛은
하얀 노을이다.

하얀 원을 중심으로
노란빛이 띠기 시작하면
하루는 다 지나간 것이며
우리 관념 속에 있는
붉은 노을이 시작되는 것이다.

가끔은
남아있던 검은 구름이 걸리면
흑백의 조화를 이뤄
온갖 형상을 만들며
상상 속 세계를 만드는데

이제 해는 기울어
저 산 뒤로 숨어가고
노란원으로 바뀌어
붉은빛이 시작되니
어둠이 오려나보다,

금강은 말한다

손대지 마라!
건들지 마라!

너희가 자연을 아느냐?

금강은 말 한다
그냥 놔두라고
저 우렁찬 물소리가
들리지 않느냐
보이지 않느냐
귀먹은 사람들아
눈 멀은 사람들아

금강은 말한다
오늘도 손대지 마라고
건들지 마라고
그냥 놔두라고.

동해에서

해가 솟는다.
빨간 해가 떠오르고 있다.
푸른 물빛이 검붉게 끓어오르며
뜨거운 하루가 시작되고 있다.

세상의 모든 정열을 녹이고
피 끓는 젊음마저 녹일 수 있는
그런 아침이다.
떠오르는 저 해가 지기 전
이 하루가 다가기 전
나는 무엇을 할 수 있을까?

절대로
절대로
돌이킬 수 없는
시간은 흐르고 있는데

바라만보고 있으니
이 시간이 너무도 아쉬워라.

멈추지 않는 저 해가
더 높이 오르기 전
나도 그 무엇인가를 시작해야겠다.

파도

누가 고요한 바다라고 했는가?
어느 누가
따스한 엄마 품 같다고 했는가?

갯바위가 보았고
백사장이 느꼈다

분명 바다는
거친 어머니 손바닥보다
더 거칠고
주름진 어머니 얼굴보다도
더 거칠다.

그 거친 바다는
파도를
끝없이 만들어내고 있다.

일몰

늦은 오후
서쪽 산을 바라본다.

오늘 하루를 마치는 해가 지고 있다.

단 한번도
단 하루도 거르지 않고
표정한번 바꾸지 않는
저 해가 지고 있다.

셀 수 없는 수많은 세월
지쳐 쉴 만도 한데
저 해는 거침없이 기울고 있다.

금강

말이 없구나
아무 말이 없구나
억겁의 세월이 흘러도
인고의 시간이 지나도
아무 말 없이 흐르는구나.

원시의 젖줄일 때나
백제의 심장일 때나
한번쯤은 멈출 만도 한데
제 갈 길만 가는구나.

세상 모든 일 가슴에 담고
아무 말 없이
그저 흐르기만 하는구나.

충무로의 밤

02시 12분

새벽을 여는 청소를 하며
하루가 시작되고 있다.
하루가 가고
다른 하루가 시작되는 것이다.

바쁘게 움직이는 사람들
밤낮을 구분하기 힘든 자동차들
그사이에
아직 어제일도 마치지 못하고
비틀거리는 사람들

모두들
무슨 이유로
이 시간
길 위에 있을까?

호수

바람이 불면
호수에 나가보자
바람에 흔들리는
갈대보다
물결은 잔잔한 편이다.

비가 내리면
호수에 나가보자
물이 넘쳐흐르는
냇물보다
물살은 아주 고요하다.

햇살이 맑은 날에는
호수에 나가보자
물위에 반사된 하늘이
더 푸르고 높게 보인다.

나락 익는 소리

햇살은 따갑게 내리고
바람이 살살 불어줘
스륵 스륵
벼 부딪치는 소리가 들려오면
가을향기와 함께 온
나락 익어가는 소리이다.

높디 높아진
파란하늘까지
나락 익어가는 소리가 퍼져
온 세상에 메아리치면
벼 베기는 시작된다.

지금 들녘에는
온갖 소리들이 귓속에 윙윙거려
무슨 소리인지 구별하기가 쉽지 않다.

깨 익는 소리
콩 익는 소리
붉게 고추 익어가는 소리

가만히 귀 기울여 보면
고운 소리들이
귀를 밝혀주는데
나락 익는 소리 들릴 때쯤에는
다른 작물들도
같이 따라 익어간다.

호두

씨라고 해야 할까?
열매라고 해야 할까?
복숭아는
과육은 먹고
남는 것을 씨라고 부르는데
복숭아씨와 비슷하게 생긴
이놈은
과육같이 두꺼운 껍데기는
벗겨 내버리고
남은 딱딱한 것을 깨부수고
그 안에 있는 쭈글쭈글 하지만
고소한맛 가진 것을 먹으니
이런 괴상한 놈이 있나.

바지랑대

무거운 빨래가 널려
축 늘어진 줄을 어깨에 지고
쓰러질듯 서있는 바지랑대
가끔 날아온 잠자리 한 마리
한숨 쉬어가고
밤 무렵에는 거미가 집을 짓고
참 하는 일도 많아

솔 솔 바람이 불어
빨래가 말라가면
어깨가 가벼워
훨훨 날아가고 싶은데
또다시 젖은 빨래가 널려 짓누르니
허리한번 어깨한번
편한 날이 없어.

고추잠자리

날아다니는 빨간 꼬리
그 진하고 화려함
세상 한 번도 본적 없는
강렬한 빨간색
저녁하늘을 화려하게 물들여
빨간 세상을 만들지
어쩌다 앉아 쉬고 있는
고추잠자리 한 마리 잡으려면
휙 날아가 버리니
참 빠르기도해
손가락을 빙빙 돌리면
잠자리가 어지러워
잡을 수 있다는데
잠자리 눈앞까지 가기 전
먼저 날아가 버리니
빙빙 돌리는 내손만 어지러워.

꽃 보라

우산을 쓰지 않아
내리는 꽃비를 흠뻑 들이키고
땅속깊이 스며들지 않을까
슬며시 밟는 발걸음에
꽃 보라가 흩날린다.

살 살 부는 바람에도
꽃잎을 잡아두지 못해
꽃비로 훨훨 날려 보내고
앙상한 가지만남은 나무들.

새순이 돋아
내년에도 꽃을 피어
다시 한 번 꽃비를 내려주겠지만
꽃잎이 떨어져
슬픈 마음은 감출 수 없어.

할미꽃

언제 오려나
너무 그리워

잊을까 생각해도
너무 그리워

뒤돌아 생각하면
더욱 그리워

차마 보내지 못해
고개 숙인

이슬빛 얼굴.

감자

알이 굵은 감자를 만들려면
깊은 삽질 적당한 거름
비처럼 내리는 땀이 있어야지
씨감자 한 알, 한 알 심으며
어느 것에 큰놈이 열릴까?
마음은 벌써
감자를 캐고 있네.

주먹만 한 보라색 감자가
불쑥 불쑥 튀어나와
자루를 가득 채워줘
들고 갈 수 있을까 걱정 할려면
무엇보다 깊은 정성이 있어야해.

불타는 흙

한참 타오른 밭
언제 보았는지
기억조차 없는 빗소리
부글부글 끓어오르는
흙의 함성이
뇌 속에 남아 꿈에 보인다.

목마른 흙은
이슬을 삼켜보지만
갈증만 더하고
뿌리내린 생명들도
같이 타들어간다.

밭갈이하는 열정보다 더 뜨거워
용광로 같은 이 흙을 식혀줄
비를 기다리는데
그렇게 기다리는 빗소리는
귓가에만 맴돌 뿐.

상추

조그만 밭에 가면 즐거움이 많다.
할일이 있거나 없거나
지나가는 길이면 한번쯤
살펴보게 된다.
그 밭에는
상추, 고추, 들깨, 참깨, 감자,
고구마 등
여러 채소들이 조금씩 심어져 있는데
심고, 풀매고, 거름 주고,
힘들 때도 있지만
수확할 때면 즐거움이 가득하다.

요즘은 상추 따는
재미로 더 자주 간다.
검붉은 상추 잎 몇 장이
무더위에 잃어버린

입맛을 다시 찾아주기에
거름 주고 물주는 일이 즐겁다.

상추 잎 두어장 포개어
밥 한 숟갈 얹고
집에서 담근 고추장 조금 떠
한입에 우물우물
바삭 바삭 상추 맛이
수랏상 안부럽지

가끔 밥에 물을 말아서
고추장 찍어 고추한입 깨물면
그것도
수랏상 안 부러워
요즘 며칠은 바삭한 상추 맛에
세끼 밥 때 마다 상추를 먹었더니
그 향기에 취했나보다.

콩깍지

투드리고 투드리고
또 투드리고
도리깨질에
여기저기 콩들이 날아가고
까닭모를 뭇매에
콩깍지는 그만 열매를 토해낸다.

늦봄에 싹을 틔워
비둘기와 꿩들의 공격을 피하고
초여름 장마도 이기고
한여름 무더위마저도 견디며
여기까지 왔건만
도리깨질 몇 번에
잘 익은 열매를 놓아주고
제 몸은 산산이 부서져
한줌 재가 되어
땅속 거름으로 돌아간다.

고추 몇 포기

얻어다 심은 고추 몇 포기가
잘 자라야 하는데
한포기가
힘없이 쓰러져있다.

주신 분 마음이
너무 고마워
잘 길러야 하는데
힘을 못 쓰고 있으니
미안한 마음이다.

며칠을 정성으로 보살피고 있으나
아직 일어나지 못하고
내가 할 수 있는 일은
가끔씩
얼굴 마주치고 거름 주는 일 밖에.

주인 없는 감나무

그저
까치밥으로 먹혀질 열매를
주렁주렁 매달고
제 무게를 이기지 못해
축 늘어진 가지
돌보는 이 아무도 없고
열매 따가는 이 하나도 없으니
온몸이 근실거린다.

서리가 내리고
열매가 말랑말랑
홍시가 되어갈 쯤
까치 한 마리 날아와
가려운 몸 긁어주니
시원함이 더할 수 없지

잠시 내 마음이
저 달콤한 홍시에
끌렸지만
먼저 온 이가 있으니
기다릴 수 밖에

콕콕 찍어먹는 모습에
숨죽이고 기다리는데
내 마음을 알리없는
저놈은 제배만 채우고 있고
난 나도 모르게 솟아나는
침만 삼키고 있다.

뒤돌아보면

아니 간 길보다 못한 걸
왜 바삐 걸으오.

멈출 수 만 있다면
멈출 수 만 있다면
아니 되돌아갈 수 만 있다면

아니 간 길보다 못한 걸
왜 바삐 걸으오.

세월을 돌리려오
지난 길을 돌리려오

뒤돌아보면 후회할 것을
왜 바삐 걸으오.

잠시 머물 뿐
그냥 쉬었다가게 놔두세요

아픔이 오래돼
그리움으로 변한다 해도
잠시 머물 뿐

그냥 쉬었다가게 놔두세요.

기쁨이 쌓여
행복이 되어도
그것도
잠시 머물 뿐

그냥 쉬었다가게 놔두세요.

그리움을 잡는다해도
떠나고
행복을 아무리 잡아도

떠나갑니다.

그리움도 행복도
내안에 오래두고 싶지만
떠나갑니다.

그래도
다시 올 그리움과 행복을 위해
마음한쪽 비워놓고 기다리세요.

닭 울음

고요한 새벽공기 가르며
울어대는 저 소리는
차라리 절규라 해야겠다.
조용히 새벽을 맞이하고 싶은
내 마음은 알지 못하고
여기저기서 마구 울어대니
참다 참다 화가 난다.

뛰어나가
부리를 꽁꽁 묶는 상상도 하지만
그럴 수는 없고
참고 또 참는다.
조용하기를 바라고 있으면
더욱더 울어대니
이거 참 괴롭네

울타리 안에 가둬놓은
사람들에 대한
반항일까?
공격일까?

뒷집 절 마당에 기르는
닭 몇 마리가
나를 수행자로 만들고 있다.

숭림사 가는 길

소나무 사이로 난 조그만 길은 고요하다.
새소리 물소리도 없고 바람마저 잠을 자
니 적막감이 밀려온다.
이 작은 길을 빨리 지나가는 것이 너무
아쉬워 천천히 걷다보니 솔잎 하나가 다
가와 코끝을 스치고 길바닥에 떨어진다.

길을 걸으며 이 길 위에 무엇을 남길까?
숭림사에 가면 무엇을 얻고 무엇을 버릴
까?
이런저런 생각을 하며 걷다보니
어느새 선심교를 지나 일주문 앞
그때 푸드득하며 나를 깜짝 놀라게 한
산비둘기 한마리가 숲속 깊은 곳으로 사
라진다.
일주문을 지나 해탈교를 건너니
바람 한줌이 일어 살짝 스쳐지나가고

이내 고요함을 되찾는다.

천년고찰의 고고한 자태가 아름답게 빛
나는 숭림사를 바라보니
나도 모르게 고개가 숙여지고
무엇을 얻고 무엇을 버리겠다는
또다른 욕심하나 얻었다.
대웅전 앞의 고운향기 한 모금 머금고
발길 돌리는데
걸음은 가볍고 마음이 무거워
자꾸 뒤돌아보게 되며

삶을 다한듯한 고목사이로 새로운 나무
들이 보이고
바닥에 떨어진 낙엽 밟는 소리만이
고요한 길 위에 뿌려지고 있다.

연잎에 핀 옥구슬

활짝 핀 녹색 손바닥
그 위를 굴러다니는 작은 옥구슬

비가 내리면
셀 수 없이 많이 만들어지는데
실에 꿰어
목에 걸어볼까 하지만
잡을 수 가 없네.

녹색 구슬에 반한사람들
가질 생각 버리시오.

손바닥 골짜기 따라
흘러내려
발아래로 떨어지면
산산 조각나
연못으로 돌아간다오.

연잎

가냘픈 가지위에 앉아있는
넓은 잎 한 장
바람에 흔들려 쓰러질까
가슴 졸이는데
비가 내려 빗물이 고이면
어떻게 하나

내 걱정 생각지 않는
무심한 하늘은
자꾸만 비를 뿌리고
조금씩, 조금씩 물방울이 모아져
금방이라도 쓰러질듯한데

그 순간
짐지게 짐 부리듯
가볍게 내던져 버리네.
허 허.

무욕

아무것도 가지지 말라니
무슨 말 입니까?
눈앞에 보이는 것
마음속에 있는 모든 깃
가지고 싶습니다.

모든 것 버리라니
무슨 말 입니까.
아무것도 가진 것 없습니다.
가진 것 없는 이가
버릴 것이 어디 있습니까?

마음속 깊은 곳에서부터
모든 것 가지고 싶은 생각이
활화산의 용암보다
더 뜨겁게 솟아납니다.

그런데 아무것도 가지지 말라니
모든 것 버리라니요.

가지고 싶은데
가질 수 없고
버리려 해도
가진 것 없고
마음마저 버릴 수는 없습니다.

새벽바람

새벽 찬바람
살며시 다가와
따스한 미소로
내 가슴에 남았네.

비, 바람

비가 내리고
바람이 불면
하늘은
맑아지느니.

님이여

고운 자태로
향긋한 미소로
어찌 바라만 보시나요

이제는
내 마음을 거두어 주실 만도 한데

님이시여
가부좌 한번 풀고
일어서 주신다면
손 한번 내밀어
잡아 주신다면

은은한 미소
따스한 눈빛

내 맘에 머물 텐데요.

선운사 뒷길에서

고요한 그늘아래
한 걸음 두 걸음 마음을 밟아가니
참았던 설움 터질듯
하늘빛 다가오고
번뇌를 내던지리라 외치던 입술은
푸시시 낙엽 떨어지듯 고요해진다.
이 작은 길을 헤쳐 나가는
수많은 이들의 속삭임이 폭풍 되어
산사의 풍경소리로 귓가를 맴돌아
끝없는 고뇌를 만들고
알 수 없는 이유로 쌓아놓은
작은 돌탑들은
흔들리지 않는 마음으로
나에게
수행하라 외치고 있다.

차 창 넘어 산기슭엔

밭 매던 아낙이
고개를 들고 힐끗 쳐다본다.

날 보았을까?
아니면
그냥 하늘을 보았을까?

난
별 생각을 다해본다.

저 아낙이
왜
고개를 들었을까?

어느 날 밤

스쳐간 듯
비껴간 듯
바람이 지나간다.

구름이 별을 삼킨다.
달이 구름 속에서 잠을 잔다.

검은 밤하늘에
먹구름마저 몰려오니
세상은 온통 어두운 그림자뿐

갑자기 몰아치는
소나기에 향긋한 땅 내음이
뇌리를 스쳐간다.

오늘밤 취하는 빗소리에
마음 둘 곳이 없구나.

비갠 오후

비올 때 상쾌함은
어느덧 사라지고
끈적한 땀내음이 옷 속을 파고든다.
봄인듯, 여름인듯 하더니
아무 말 없이 여름이 되어버렸나.

흐르는 땀방울을
한줌 쓸어내리고
"휴우 더워라 이놈의 더위
언제 물러가나"
더위를 탓해본다
더위를 탓한다고
시원해질 리야 없지만
그래도
마음은 조금 시원해진다.

시간이 흐르고
계절이 바뀌어
두어달만 지나면
언제 그랬냐는 듯
뜨거운 여름이 그리워지겠지.

세월은 가는데

낮에는 구름이 흘러가고
밤엔 달이 지나가고
그렇게 해가 떠오르고 있다.

녹은 눈 흘러 새싹들이 돋아나고
꽃피고 푸른 잎 일렁이니
떨어지는 낙엽에 가슴이 시리다.

하얀 눈이 내려
저무는 세월에 눈시울이
젖어 드는데
지는 해 잡아보려
허공에 손짓만 하네.

길

우리는 길을 간다.
누구는 걷고
누구는 뛰고
누구는 집으로 가고
또 누구는 산으로 간다.

우리는 길을 간다.
한 짐 이고지고
한보따리 들고 메고
한주먹 움켜쥐고
우리는 길을 가고 있다.

나는 길을 간다.
한가득 머리에 담고
한가득 마음에 이고
나는 길을 가고 있다.

산

눈을 뜨면 산이 있다.
그 산은 언제나 나무를 지고 산다.
낮에는 해를 이고 구름을 지고
밤에는 달을 이고 별을 지고
겨울에는 눈을 짊어지고
그렇게 살고 있다.
나는 그 산을 밟고 있다.
산이 말한다. 너무 무겁다고
들은둥 마는둥 나는 밟고 또 밟는다.
아무리 힘들어도 의연한 모습만 보이는
저산이 나는 좋다.
계절이 바뀌고
세월이 흘러도
변하지 않는
저 산이
나는 너무 좋다.

상사화

그리워하다
그리워하다
그마저 잊은 듯
살포시 숙인고개

그리움을 색깔로 말하는 듯
수줍은 분홍몸짓

님 그리는 여인의 한이런가?
무심한 님의 마음인가?

곧게 뻗은 줄기는
님을 향한 곧은 마음

언제나
그늘아래 활짝 핀 꽃.

사랑할 수 있다면

그리운 이가 있기에
그리움을 알았고
사랑하는 이가 있기에
사랑을 배웠소.

라일락꽃의 진한향기도
붉은 장미꽃의 정열도
그리운이의 향기 앞에
사랑하는 이의 정열 앞에
난 아무것도 느낄 수 가 없었소.

그리운 이여
사랑하는 이여

내가님을 진정 사랑할 수만 있다면.

가버린 당신

떠나는 당신
말없이 가는군요.

한번만 이라도
뒤돌아 볼 것 같았는데
무심히 가는 군요.

가시는님 뒷모습이
너무 서러워
그저 바라보기만 할뿐입니다.

가다가 혹
내 생각이 나더라도
날 그리워하는 맘은 아니겠지요.

이제 내 마음도 님을 보냅니다.

떠나는 당신
다시 생각하지는 않겠지만
그리운 마음은 영원하리오.

인연이란

이렇게 만난 것이
인연이라면
헤어지는 것도 인연인가요?

그리워하면서 그려보는 것이
인연이라면
마음 한쪽부터 지워나가는
것도 인연인가요?

무엇이 인연인가요?

가던 길 멈추고 바라보는 것이
인연이라면
밤하늘 구름에 비친 모습도
인연인가요?

인연이란
내 마음에만 있는 것인가요?
님의 마음에도 있나요?

인연이란 무엇입니까?

그리움에 지쳐도

보이지 않는 님
기다림에 그리움이 다해가요.

바로 눈앞에 있는듯하여
잡으려 손 내밀어 보지만
허공에 뻗은 손만 멋쩍어 다시 내리고
마음 울적입니다.

이제는 살며시 다가와
손잡아 줄만도 한데
님은 보이지 않아
그리운 마음만 더욱 깊어지고

오랫동안 보여주지 않는
님 모습에
영영 오지 않는 상상을 하게 되고

그럴 때마다
너무 지쳐 더 이상
기다릴 힘마저 떨어지지만

그래도 아직
조금 남은 미련이 있고
아주 많은 그리움이 있기에
님을 기다립니다.

가실 때 엔

가실 때엔
그냥가지 마옵소서.
가시는 것도 서러운데
아무 말 없이 가신다면
남은 그리움은
어찌해야 하나요.

가실 때 엔
꼭 한번만이라도
돌아 보옵소서.
그리고 남은 그리움은
가져가야지요.

지금 가시면
영영 이별인데
가시는 님 모습에
내 마음이 너무도 서럽습니다.

편지 한 장

몇 번을 쓰고 지웠는지
알 수 없는 편지 한 장

썼다 지우고
다시 쓰고
또 지우고

한 장 편지에
몇 장을 구겨 버렸는지

버려진 종이처럼
구겨진 마음

그 마음 다시 주워 꽃잎 만들고
서풍에 날려
내 마음 전한다.

하얀 연꽃

겹겹이 움켜쥔
하얀 봉우리
가슴에 품고
하늘을 날고 싶어

활짝 피어
하얀 마음보이면
곱고 순결한 너를
내 품에 안을 수 없으니
항상 봉우리로 남았으면 해

탁한 물 깨끗이 해놓고
하얀 모습, 고운 향 잃지 않는
그 자태가 너무 부러워
꼭 너를 내 가슴에 품을 거야.

가로등

금강변길 가로등은
유난히 밝다.

다른 가로등과
똑같은 밝기지만
강물에 반사된
달빛, 별빛과 함께
자신을 반사시켜
더욱 환하게 빛을 낸다.

바람이라도
살살 불어준다면
물위의 가로등은
어디에서도 볼 수 없는
빛의 대향연

한참을 바라보고 있으면
나도 모르게 최면에 걸린 듯
내몸도 움직이고
여기저기서 튀어 오르는 물고기들도
대향연의 주연인양
빛을 따라 움직인다.

오늘밤
달빛이 부르는데
아름다운 빛의 대향연
다시 한 번 감상해볼까.

주막

막걸리 한 사발
김치 한 조각
마을모퉁이 조그만 막걸리 집
길 가던 나그네
동네사람
모두가 목 축이는 곳

시원한 막걸리 한 사발에
한숨도 시름도 허기도 달래고
김치 한조각 안주삼아
자주 찾는 곳

길가다 잠시 들려
세상사 이런저런 얘기에
몇 잔을 마셔도
취하지 않는 막걸리
오늘 밤새 마셔 취해볼까.

물안개

이른 새벽
봄이라 하지만
들녘에는 서리가 내려
하얀 눈부심이 가득하다.

갈대숲 사이로 난
작은 물길위에는
아침 추위를 잊은
논병아리들이 먹이사냥을 다니고
붕어들의 산란이 시작된 듯
여기저기서
갈대를 툭 툭 치고 다닌다.

물위에 떠오른 빨간 해가
강물을 끓여놓았나?
모락모락 피어오르는

물안개는
어느 산골 작은집 굴뚝의
연기처럼
하늘 향해 사라지고

드리운 낚싯대
찌 끝을 바라보는
날카로운 눈빛에도
물안개가 뿌옇게 덮였네.

기다림

기다림은
길수록 좋다.

누군가를
무엇인가를
기다린다는 것은
많은 기대를 하기 때문이다.

만나서
혹 실망할지라도
기다림은
길수록 좋다.

기다리다
하루가 다 갈지언정
그래도 기다림은

길수록 좋다.

오래 기다린 만큼
많은 기대를 하고
그 시간만큼은
어느 순간보다도
행복하기 때문이다.

새벽에

달빛 기울어
희미한 새벽
찬 공기 한 모금 머금고
깊은 한숨으로 토해낸다.

육신을 움켜쥔
영혼을 내뱉어버리고
물 한 모금 들이킨다.

서서히 날이 밝아온다.
이대로 시간이 멈추어준다면 좋겠다.

고요했던 적막이 깨지고
시끄럽고 번잡한
세상 속에서 허우적거리며
또 하루를 보내야한다.
오늘은 날이 밝지 않았으면 좋겠다.

늦은 밤

내리는지
오르는지
알 수 없어도
늦은 밤 하얗게 깔린 안개

분위기잡고
곡차 한잔 할 때
옆에 한자리 차지하지.

오늘밤 뿌연 세상에
가던 길 멈추고
잠시 그 속에 묻혀
하나가 되어본다.

하얗게 피어있는 안개에
머리도 눈썹도

비 맞은 듯 젖어
눈앞에 보이는 건 작은 물방울뿐

이런 안개 속에서
내 집을 찾아갈 수 있을까?

물음

세상 끝이 어디냐고
묻는다면
"그런 물음이 어디있냐"고
되묻겠소.

이 강물이 어디까지 가냐고
묻는다면
그렇다면 그건
"잘못된 물음이오"라고
말 하겠소.

세상 끝이 어디든지
저 강물이 어디로 흐르던지
왜 물으오.

물 흐르는 대로
세월 가는대로
가면 되는 것 아니오.

어디로 가야하나

바람에 몸을 맡겨본다.

어디로 가야하나?

가고 싶은 곳 가야하는데
내 마음이 자유롭지 않아
그럴 수 없네.

흔들리는 내 몸
잡으려 해도
잡을 수 없으니
더욱 힘들어

누구라도
그 어느 누구라도
내가
가야할 곳을 알려주오.

길

세상이 나를 버려
홀로 남는다 해도
내가 가는 길이 있다.

그 길은
외롭고 고독하지만
진정 행복하고
아름다운 길이다.

금잔디 길게 펼쳐진
곱디고운 길을
맨발로 걷고 있노라면
포근한 구름 위를
밟는듯하여

언제나 행복한 꿈길을 걷는다.

지난날

지난날이 그리워도, 그리워도
잊어야하나
지난날이 그리워도, 그리워도
꼭 잊어야하나
잊으려 해도, 잊으려 해도
생각이 나는 건
그리움 때문일까?

눈 내리는 밤

차가운 밤공기 가르며
하얀 눈이 내린다.
어두운 밤하늘 뚫고 소리 없이 내려
세상을 환하게 밝혀주니
가로등이 필요 없네.

하얀 세상
첫 발자욱
설레이는 마음

밤에 눈이 내리니
어릴 적 생각이 난다.
옹기종기 화롯가에 모여
고구마, 밤 구워먹으며
외할머니 구수한 옛날얘기에
귀 기울이던 생각이나
눈이 내리면 외갓집 생각이 난다.

징검다리

헛디뎌 물에 빠질라
조심조심 건너는
돌다리

동네사람 누구나
지나가는 사람 아무나
바윗돌하나
첨벙 던져놓고
그 위 밟고 지나가면
다 만들어지는 돌다리

큰물에 쓸려가도
바윗돌 몇 개만 던져놓으면
이 마을 사람들
저 마을 사람들
지나가는 나그네

아무나 건너다닐 수 있는 다리

윗마을 사랑도
옆 마을 우정도
모두 건너다니는
정겨운 다리.

가는 길 오는 길

가는 길 따로 있나
오는 길 따로 있나
뒤에서 보면 가는 길
앞에서 보면 오는 길

한걸음, 두 걸음 걷다보면
가는 길
오는 길

가는 길 따로 있나
오는 길 따로 있나
가다보면 가는 길
오다보면 오는 길

가다가 잠시쉬면
가던 길

오다가 잠시쉬면
오던 길

가는 길 따로 있나
오는 길 따로 있나
가는 길이 오는 길
오는 길이 가는 길.

바람개비

갈잎으로 만든 바람개비가
시원하게 돌아간다.

열두어살 때 쯤 이맘때
보리 벨때
키만한 지게에
한 짐 보릿단을 지고
논 밖으로 옮기던 날
바람이 살 살 불어오면
시원함에 일하기가 너무 싫은데
그럴 땐 보릿단 한 지게 짊어놓고
그아래 그늘에서
큰형, 작은형, 그리고 나 이렇게 셋이
잠시 쉬곤 했었지
그때 큰형이
갈잎으로 만든 바람개비를 주며

만드는 방법도 가르쳐 주었는데
하얀 머리카락이 날리는 지금도
바람 부는 날이면
가끔 갈잎바람개비를 만들어
그때를 생각한다.

차 한 잔 하게나

그윽한 녹차향을 말하지 말게

몇 번이나 대접했다고

자주 들려
얼굴도보고
곡차도 한잔해야지

마주앉아 차 한 잔 한다고
시간이 시샘 하겠나
바람이 욕 하겠나
자주 들리게

이보게 친구!
준비 됐네

차 한 잔 하게나!

억새풀

조그만 바람에
이리 갔다 저리 갔다
억새풀이 흔들린다.

한무리 새떼처럼
무리지어 흔들리는 모습은
하나의 춤사위

단한번의 연습도 없이
그 누구의 지휘도 없이
억새춤은 잘도 춘다.

이리 저리
흔들리는 모습에
금방이라도 쓰러질듯 보이지만
그래도 쓰러지지 않는

그 모습은
곧은 절개요 굳은 마음

산들바람이 불어도
강풍이 와도
어떤 바람에도
장단을 맞추니
춤꾼이 여기 있었네.

어항 속 금붕어

툭 툭 툭
유리벽을 두드리니
금붕어들이 몰려와
물밖에 입을 내놓고
무엇인가를 기다린다.
자유로운 세상을 두고
조그만 유리상자안에 갇혀
갈곳 없는 길을 이리 저리 돌아다니다
먹이 주는 신호에 한곳으로 몰려와
입만 뻐끔거린다.

금붕어들 마음이야
넓은 강에서 마음껏 놀고 싶겠지만
강제로 팔려와 사육을 당하고 있으니
답답한 마음이다.

언제부터인가
방안에
사무실에
관상용이란 이름으로
하나둘씩 모여지기 시작한
나무, 꽃들과 함께
금붕어들도 팔려오고
길들여지고 있다.

조그만 유리상자안에
금붕어들을 가두어 기른다고
사람들에게 어떤 즐거움이
있을지 모르지만
까닭도 모르고 팔려온 금붕어들은
아침마다 유리벽을 두드리며 주는
먹이를 찾아서
수면위로 몰려들고 있다.

해바라기

날개를
수없이 달고도 날지를 못해
고개 숙인
슬픈 얼굴

무슨 생각에 잠겼는지
표정이 일그러졌어

해가 떴으니
이제
고개를 들어봐.

슬픈 눈망울

나는 보았네.
죽음 앞에서 흘러내리는
굵은 눈물방울을.

나는 보았네.
도축장으로 끌려가는 길에
떨어지지 않는 발걸음을.

나는 보았네.
동그라니 큰 두 눈에 서려있는
슬픈 마음을.

새벽 거미줄

밤새 만든 거미줄에
아무것도 걸려들지 않아
오늘아침은 굶어야하나

거미는 날개가 달린 것도 아닌데
나는 재주가 있나보다
이 나무, 저 나무 사이에
멋진 그물망을 만들어놓고
조용히 먹이가 걸려들기를 기다리는데

오늘새벽은
따스한 온기에 안개가 짙어
하얀 이슬방울만 걸려들었네.

깨소금

짠맛이 아닌데
소금이라고
물에 녹지 않는데
소금이라고
바닷물로 만든 것도 아닌데
소금이라고

밭에서 나는 참깨를
빻아서 만든 깻가루
간장과 함께 썩 썩
밥 비벼먹으면
고소한맛이 그만이지
그 고소한맛이 나는 깻가루를
짜디짠
소금이라니.

볼우물

힘들게
땀 흘리며 파지 않아도
엷은 미소로 피어나는
고운 샘.

바람이 불면

바람이 불면
일렁이는 물결 따라
햇살이 출렁 출렁

바람이 불면
흔들리는 갈대처럼
구름도 휘청 휘청

바람이 불면
불어오는 바람 따라
내 마음도 왔다 갔다.

주전자

찌그러졌다고 무시하지 마라
뚜껑이 맞지 않는다고 내버리지 마라
그 속에 담겨진 막걸리는
찌그리져야 더욱 맛이 난다.

걸죽한 막걸리
시원하게 한잔하고 싶으면
먼저 주전자를 하나사라
그리고 힘껏 내던지고
발로 차 찌그려라
그런 다음
막걸리를 가득 담아봐라
기가막힌 막걸리 맛이 난다.
그래야 진짜주전자 아니냐.

날개 꺾인 갈매기

서해 먼 바다 외연도에 살고 있는
날개 꺾인 갈매기를 아는가?
외연도 항구를 하늘삼아
하루하루 힘겹게 살아가는
한 마리 갈매기
들어오는 배를 따라
옮기는 발걸음은
처절한 삶의 고통

벼려지는 생선 한 마리
한조각 살점을 찾아
이리 뛰고, 저리 뛰고
남은 한쪽 날개짓마저 하지만
날수가 없어
가끔은 넘어지고, 쓰러지고

버려지는 생선 한 마리 얻어
주린배 채우기가 이렇게 힘드니
차라리 탁발하는
수도승이었으면 좋으련만.

낚시 바늘에 걸려나온 붕어의 외침

오늘은 입맛이 없어
먹이를 먹지 않으려 했는데
잠시 산책 나왔다
물 밖으로 끌려나왔네.

이미 잡혀 나온 몸
구차하게 살려달라고는 안하겠는데
손맛 봤으면
그만 놓아주는 것이 어떻겠소.

입맛이 없으면 먹지 말아야 하는데
달콤한 유혹을 뿌리칠 수 없어
살짝 맛만 보았는데
그만 바늘까지 먹었을 줄이야
사람들이 왜 붕어대가리라고 하는지
뼈저리게 느끼며 다짐하건데
다음에는 절대로, 절대로
달콤한 유혹에 빠지지 않겠다.

찌 올림을 기다리며

꿈에 부푼 낚시채비를 한다.
급한 마음에 벌써 월척 두 마리,
준척 세 마리가 살랑살랑
꼬리를 흔들며 노래 부르고
자리를 찾아 갈대를 헤치는 손길이
부들부들 떨고 있는데
채비를 던지기 전 여기저기서 첨벙첨벙
후들후들 다리마져 흔들리네.

던진 낚싯대 세대에 걸려 올라온
잔챙이 몇 마리가 밤낚시를 불러
찌불 꺾어 던져놓고 찌끝만 바라보는데
순간 쭈우욱 거침없이 올라오는
선명한 찌불 잡았다!
힘차게 챔질을 하는데 이런!
오랜 기다림에 그만 잠이 들어
꿈을 꾸었네.

항구에 배가 빠졌네

사리썰물을 몰랐나
허 허
항구에 배가 빠졌네.
오도 가도 못하는 배를 보니
웃음이 나와
씨 익

저 배 선장님
새벽에 뱃일 나갔다
몹시 졸렸나보다
방파제 안에 들어와
저렇게 되다니

작은 배로 몇 번 밀어보는데
움직이지는 않고
다시 들어오는
밀물만 기다릴 수 밖에.

작은명금에서 돌삭금까지

작은명금 바위 밑에는
무엇이살까?
달력에 나와 있는 물때를 보고
귀동냥으로 얻은 전복이
살고 있다는 바위틈을 뒤적뒤적
미끄러지고 빠지고
아 악
초보 바닷 사나이들이
여기저기서 아우성이다.
운이 좋으면 전복 몇 마리 따
쇠주 한 잔 하겠다고
큰 꿈을 가지고 작은명금
해변으로 나왔는데
전복은 무슨 전복
널려있는 홍합 몇 마리 따고
성게 몇 마리 줍다보니

돌삭금까지 왔네.

그래도 우리에겐 큰 수확이기에
시원하게 홍합 삶아
한 잔 쇠주로 마음달래고
그 국물에 라면까지 삶으니
이런 최고의 안주가 또 있겠나.

계룡산아

금방이라도 하늘로 올라갈듯
꿈틀거리는 산줄기
단발에 올라타
훠이 훠이
날아보자.

하얀 눈이 내려
무거운들
내가 올라타 더 무거운들 어떠랴

금방이라도 하늘로 올라갈듯
두눈 부릅뜬 봉우리
한손에 움켜쥐고
훠이 훠이
날아보자.

속세 모든 짐
다 짊어지고, 짊어지고
또 짊어지면 어떠랴

금방이라도 하늘로 올라갈 듯
뜨겁게 불타오르는 저 기상
가슴에 끌어안고
훠이 훠이
날아보자.

아침 해가 올라타
날아보자고 하기 전에
훠이 훠이
먼저 날아보자.

계룡산아.

뒤돌아보면

초판 인쇄일 / 2017년 1월 10

초판 발행일 / 2017년 1월 10

자은이 / 한만서

발행처 / 도서출판 산마을

등록번호 / 119-91-91763

주소 / 서울시 금천구 가산동 147-59 B02

전화 / 02-866-9410

팩스 / 02-855-0411

메일 / san2315@naver.com